Der Mann mit der Harpune

AF205947

Der Mann mit der Harpune

**ERZÄHLUNG
VON SNORRI GRIMSSON**

Erstmalig erschienen in der Anthologie
»Showdown in Laramie«
Verlag: Edition Oberkassel, 2014.
Die Erzählung wurde für diese Ausgabe vom Autor vollständig
durchgesehen und geringfügig überarbeitet.

© 2019 Joachim Speidel
Ludwigsburger Str. 16
71332 Waiblingen
Umschlaggestaltung, Satz und Layout: Snorri Grimsson
Herstellung und Verlag: BoD – Books on Demand, Norderstedt

ISBN: 978-3-748-16393-0

Bibliografische Information der Deutschen Nationalbibliothek:
Die Deutsche Nationalbibliothek verzeichnet diese Publikation in
der Deutschen Nationalbibliografie; detaillierte bibliografische
Daten sind im Internet über http://dnb.dnb.de abrufbar.

For we are all killers,
on land and on sea ...

Herman Melville, *Moby Dick*

enn mich Aaron!«, sagte ich. »Tu mir den Gefallen!«

Das schwarzhaarige Barmädchen lächelte mich herablassend an und ließ dann gleich wieder ihren Blick über die Harpune schweifen, die an meinem Tisch lehnte und deren eiserne Spitze mit den bedrohlichen Widerhaken weit in die Höhe ragte.

Kurz nachdem ich in der Nähe des Klaviers Platz genommen hatte mit einer Flasche Whiskey und einem nicht sonderlich sauberen Glas, hatte sie sich zu mir gesellt, und seither versuchte sie, mich mit ihrem »Cowboy«-Gerede zu ärgern.

»Aaron? Ist das nicht ein biblischer Name, Cowboy?«

Ich warf ihr zwar einen scharfen Blick zu, ließ es dabei aber bewenden. Mit zwei mich wärmenden Drinks im Leib war ich mit mir und der Welt zufrieden und hatte keine Lust auf dumme Streitereien. »Soviel ich weiß, war Aaron der Bruder von Moses. Kennst du den Bruder von Moses?«

»Nicht persönlich, Cowboy«, sagte sie frech. Für meinen Geschmack war sie zu grell geschminkt, hatte aber im Gegensatz zu den anderen Mädchen hier im Saloon ein hübsches Gesicht mit nur wenigen Narben.

»Eine gute Antwort«, gab ich zurück, fügte ein launiges »Lady« hinzu und schenkte mir einen weiteren Whiskey ein.

Mit einem letzten Blick auf meine Harpune beugte sie sich vor zu mir und hielt mir ihr Glas hin.

»Sei nicht so geizig, Cowboy!«

»In Ordnung, Lady!«, sagte ich und goss ein.

Sie sah mir direkt in die Augen. »Nenn mich Sarah. Tu mir den Gefallen, ja!«

Ich musste lächeln. »Sarah? Ist das nicht ein biblischer Name – Lady?«

Sie machte ein verdrießliches Gesicht. »Die Frau von Abraham. Kennst du sie?«

»Nicht persönlich«, erwiderte ich, hob mein Glas, sagte: »Auf dich – Sarah!«, und stürzte den Whiskey hinunter.

Sie musterte mich eine Weile und trank ihr Glas dann auch in einem Zug leer. »Sag, wie bist du hierhergekommen – Aaron? Mit einem Schiff?«

»Mit einem Schiff?« Ich fing an zu lachen.

»Da gibt es nichts zu lachen«, sagte Sarah ernst. »Du siehst aus wie ein Seemann, bist angezogen wie ein Seemann und ...«

»Du weißt, wie ein Seemann aussieht?«, unterbrach ich sie und rückte den geölten, wetterfesten Hut mit der schmalen Krempe auf meinem Kopf zurecht.

»Ja, und ich weiß auch, dass man mit so was ...«, sie deutete auf meine Harpune, »... diese riesigen Fische jagt? Wie heißen sie? Wale? Ich habe mal eine Zeit lang in Nantucket gelebt.«

Ich zog anerkennend meine Augenbrauen hoch. »Nantucket! Die Hauptstadt des Walfangs!«

Sie wandte ihren Blick ab. »Ich bin dort fast vor die Hunde gegangen. Frauen wie ich halten es dort nicht länger als ein halbes Jahr aus.«

»Ich weiß!«, sagte ich.

Sie verzog das Gesicht zu einem breiten Grinsen. »Also – sag jetzt: Wie bist du hierhergekommen?«

»Warum willst du das wissen?«

»Alle hier wollen das wissen. Schau dich doch um!«

»Alle?«

Ich ließ meine Blicke wandern, und ja, sie hatte recht. Der Saloon war gut besucht, an der Theke standen die Männer Schulter an

Schulter, und die meisten schielten zu mir herüber oder starrten mich neugierig und misstrauisch an.

Der Klavierspieler, ein fetter Kerl mit Glatze, ließ seine Finger nach und nach immer gemächlicher über die Tasten gleiten.

Als ich den Saloon vor vielleicht einer halben Stunde betreten hatte, war mir klar gewesen, dass mich die Männer und Frauen hier verwundert beäugen würden – das passierte mir hier in Texas häufig. Aber normalerweise legte sich diese Neugierde bald; ich durfte meistens dem einen oder anderen ein wenig über mich erzählen, und alles ging wieder seinen gewohnten Gang.

Aber hier schienen mich die Leute als ein achtes Weltwunder zu betrachten oder als womöglich gefährlichen Sonderling, den man am liebsten hinter Gittern oder tot sehen würde.

Ich wandte mich wieder dem Mädchen zu. »Du willst wissen, wie ich hierhergekommen bin? Du wirst es nicht glauben, Sarah: mit einem Pferd. Ich nehme mal an, wie die meisten Männer hier im Saloon.«

»Ach? Mit einem Pferd?«, sagte sie spöttisch. »Und weshalb Providence? Wieso gerade dieser Ort?«

»Weil Providence ein schönes, kleines Städtchen ist.«

»Ein schönes, kleines Städtchen!«, grinste sie. »Darauf müssen wir anstoßen!«

Ich nickte, schenkte unsere Gläser voll, wir stießen an und kippten den Whiskey hinunter.

uf einmal war Sporengeklirr zu hören, Stühle scharrten über den Holzboden, und zwei Männer mit breitkrempigen Hüten setzten sich zu uns.

Der eine, groß und hager, mit eingefallenen Wangen und Händen groß wie Schaufeln, beugte sich über den Tisch vor zu mir. »He, Mann? Lädst du auch uns zu einem Drink ein?« Er nahm seine Zigarettenkippe aus dem Mund und blies mir den Rauch ins Gesicht.

Ich kniff für einen Moment die Augen zusammen und sagte dann: »Wieso sollte ich?«

Er begann, mit dem Unterkiefer zu mahlen. »Das gehört sich so.«

Der andere Kerl hustete röchelnd. »Das wäre ein Zeichen von Höflichkeit.« Er hatte ein breites, knochiges Gesicht mit gebrochener, schiefer Nase.

»Mit Höflichkeit habe ich es nicht so«, sagte ich.

Der Hagere zog an seiner Kippe und nebelte mich erneut ein.

»Mit Höflichkeit hast du es nicht so. Sag, wie heißt du, Mann?«

Sarah, die mit ihrem Stuhl etwas nach hinten gerückt war, sagte: »Er heißt Aaron.«

Der mit der gebrochenen Nase verzog das Gesicht zu einem Grinsen, drehte den Kopf und spuckte aus. Den Spucknapf, der neben dem Klavier stand, verfehlte er um gut eine Handbreit.

Dann wandte er sich mir wieder zu: »Aaron, was für ein Scheißname! So einen Scheißnamen habe ich ja noch nie gehört.«

»Das ist schade!«

»Schade?« Er zeigte ein schiefes Grinsen. »Was soll daran schade sein?«

Sein hagerer Freund zog geräuschvoll die Nase hoch und spuckte jetzt auch aus. Sein Schleim landete ebenfalls weit von dem Spucknapf entfernt auf dem Boden. »Ich glaube, du bist auf Ärger aus, Mann. Kann das sein? Bist du auf Ärger aus?«

Ich wollte mir meine gute Laune nicht unbedingt verderben lassen, deshalb atmete ich einmal tief durch und sagte schließlich: »Das bin ich nicht. Wissen Sie was? Ich hatte es zwar nicht vor, aber zum Zeichen, dass ich nicht auf Ärger aus bin, lade ich Sie hiermit zu einem Whiskey ein. Ist das okay so?«

Dem Hageren fiel der Unterkiefer herunter. »Okay? Willst du uns verarschen?« Er nahm die Kippe aus dem Mund, drückte sie auf dem Tisch aus und wischte die Reste weg.

Der Kerl mit der gebrochenen Nase ergänzte: »Zuerst sind wir ihm nicht fein genug, und nun denkt er, er könne uns einfach mit einem Whiskey zufriedenstellen. Denkt er, wir können uns keinen eigenen Whiskey leisten? Denkt er, wir sind arme Schlucker? Die ihren Whiskey jetzt schnorren müssen? Vielleicht ist er ja Mister Großkotz, der hier Almosen verteilt. Und wir sind nur die armen Würstchen.«

Ich zuckte die Achseln. »Dann eben nicht.«

Der Klavierspieler hörte auf einmal mit Spielen auf. Alles war ruhig. Nur an der Theke hustete jemand in seine Faust.

Dann schlug der Hagere mit einer seiner riesigen Pranken auf den Tisch, dass die Whiskey-Flasche und die beiden Gläser hüpften. »Jetzt gönnt uns dieser Schweinehund, dieser Aaron-Schweinehund nicht mal einen Whiskey. Will ihn lieber mit dieser ... dieser Hure trinken.«

»Es reicht«, sagte ich.

»Es reicht? Was soll der Scheiß, Aaron-Schweinehund?«

»Stehen Sie auf und hauen Sie ab!«

»Ach ja? Und wenn nicht?«

Mit der Linken zog ich blitzschnell mein Ausbeinmesser aus der ledernen Gürtelscheide und mit der Rechten meinen Revolver aus dem Holster. Das Messer stieß ich dem Hageren mit voller Wucht durch seine Pranke in den Tisch. Den Revolver hielt ich seinem Freund unter die gebrochene Nase, bevor der überhaupt auf die Idee kam, nach der eigenen Waffe zu greifen.

»Ganz ruhig«, sagte ich zu dem Hageren, der vor Schmerz aufstöhnte »Ich fürchte, die Situation ist ein wenig außer Kontrolle geraten. Wir können hier doch wie normale, anständige Menschen miteinander reden, oder nicht?«

Während er mich ungläubig mit offenem Mund anstarrte, nahm ich ein verdächtiges Zucken in seiner Schulter wahr. Mit einem Ruck zog ich das Messer aus dem Tisch und aus der Pranke, um es dann erneut wieder mit voller Wucht hineinzurammen. Das war zu viel für ihn – die Augen schienen ihm aus dem Kopf zu springen, sein Atem stockte, im nächsten Moment beugte er sich weit vor, und sein Mageninhalt ergoss sich in einem gigantischen Schwall auf den Boden.

Zu dem Kerl mit der gebrochenen Nase sagte ich: »Ich meine, Mister, dass es jetzt für Sie an der Zeit ist zu gehen. Packen Sie

Ihren Freund, der ein wenig ungesund aussieht, hauen Sie ab und lassen Sie mich in Frieden.«

Er schielte immer noch auf den Revolver, der auf sein Gesicht gerichtet war, und musste schlucken: »Gut, Aaron-Schweinehund, wir hauen ab. Aber es ist besser für dich, wenn du auch bald abhaust. Wenn du hier in Providence bleiben willst, brauchst du vier Augen. Zwei vorne und zwei hinten.«

Ich lächelte ihn an, als ich erneut das Messer aus der Pranke seines Freundes zog, es in meine Gürtelscheide steckte und gleichzeitig meinen Revolver wieder im Holster verschwinden ließ.

Der Hagere rutschte mit kalkweißem Gesicht vom Stuhl und fiel in sein Erbrochenes. Sein Freund erhob sich mühsam, als wären seine Gelenke aus morschem Holz, ging sporenklirrend zu seinem Kumpel, packte ihn am Kragen und schleifte ihn dann, während er mir noch einen wütenden Blick zuwarf, aus dem Saloon.

Ich achtete jetzt darauf, was sich um mich herum tat. Nach einer Weile hörte ich leises Gemurmel, vorsichtiges Lachen, Gläserklirren, und irgendwann setzte das Klavier wieder ein mit seinem Geklimper.

Gerade als ich mir wieder einen Whiskey einschenken wollte, legte sich ein Schatten auf den Tisch. Ich drehte den Kopf so, dass ich im Spiegel hinter der Theke einen großen, kräftigen Mann in einem schwarzen Anzug sehen konnte, der sich hinter mir aufgebaut hatte. Während ich sein Spiegelbild nicht aus den Augen ließ, griff ich nach meinem Ausbeinmesser.

Auf einmal legte der Hüne seine Hand auf meine Schulter.

»Aaron«, ertönte hinter mir eine mächtige Bassstimme. »Das muss ein guter Mann sein, der einen solchen Namen trägt.«

Der Schatten auf dem Tisch verschwand, und im nächsten Augenblick stand der größte Mann, den ich jemals zu Gesicht bekommen hatte, vor mir. Er maß gut und gern sieben Fuß, war knochig und knorrig und blickte von weit oben auf mich herab. »Und? Bist du das? Ein guter Mann?«

»Darüber sollen andere urteilen.«

»Gut gesprochen, mein Sohn. Gut gesprochen! Wenn du erlaubst, setze ich mich zu dir, und wenn du weiterhin erlaubst, lasse ich uns eine neue Flasche bringen, denn die, die hier steht, ist, wenn ich es richtig sehe, so gut wie leer.«

Ich nickte, und im nächsten Moment ließ er seine Bassstimme im ganzen Saloon ertönen.

»Aber erst wollen wir hier ein wenig Ordnung schaffen, nicht wahr? Du da!«, er wies mit dem Zeigefinger auf Sarah, »geh weg! Hau ab! Du hast hier nichts mehr verloren.«

Einem dicklichen Jungen mit wirren Haaren und wirrem Blick, der neben dem Hinterausgang stand und sich an einem Besen festhielt, rief er zu: »Hol einen Eimer mit Wasser und einen Lappen und putz das Blut auf dem Tisch und den Schmutz auf dem Boden weg!« Dann zeigte er auf einen graubärtigen Kerl. »Elias, geh und folge Malachi. Ihr beide bringt Ol' Fred zum Doktor! Der soll ihm die Hand richten, damit er so schnell wie möglich wieder damit schießen kann.« Mit einer schnellen Armbewegung wies er zuletzt auf einen der beiden Barkeeper. »Sam, eine Flasche Whiskey für diesen Mann und für mich ein Glas!«

Seine Worte hatten Gewicht.

Sarah sprang auf, schnappte sich ihr Glas und verdrückte sich an einen der Tische auf der anderen Seite des Saloons. Elias, der graubärtige Kerl, schlurfte missmutig hinaus, um dem Mann mit der gebrochenen Nase und seinem Kumpel mit der durchstochenen Hand hinterherzugehen. Der dickliche Junge mit den wirren Haaren und dem wirren Blick tauchte mit einem Wassereimer auf und begann, den Tisch und den Boden zu wischen. Und Sam, der Barkeeper, brachte den Whiskey.

Als der Junge mit Putzen fertig war, steckte der Hüne ihm einen Dollar in die Brusttasche, packte ihn am Kragen und stieß ihn weg.

Dann hielt er mir eine große Hand mit langen, schlanken Fingern hin und nannte mir seinen Namen: »Roderick Smith!«

Ich ergriff die Hand und musste zu meiner Überraschung feststellen, dass sie die meine gänzlich umschloss und zu einem erstaunlich festen Druck fähig war, dem ich allerdings mühelos standhalten konnte.

Im nächsten Moment schlüpften die Finger aus meiner Hand, der Hüne zog einen Stuhl heran, setzte sich mir gegenüber und begann, mich mit seinen stechenden Augen von oben bis unten zu mustern.

»Es hat mir gefallen, wie du mit Ol' Fred verfahren bist, mein Sohn. Ich will ehrlich zu dir sein: Ich habe dich auf die Probe gestellt. Als du hier in den Saloon gekommen bist, habe ich zu mir gesagt: Roderick Smith, habe ich gesagt, dieser Junge sieht aus, als könnte er etwas Besonderes sein. Du musst ihn auf die Probe stellen, um herauszubekommen, ob er das auch ist.«

»Und? Bin ich es?«, fragte ich.

Roderick Smith lehnte sich in seinem Stuhl weit zurück, so als müsse er mich aus der Distanz noch einmal genau beäugen. Nach einer Weile sagte er: »Ja! Ja, das bist du, mein Sohn. Mein erster Eindruck hat nicht getrogen. Vielleicht empfindest du es als vermessen, wenn ich sage: Mir ist so, als habe dich unser Herrgott an unsere Seite gestellt, so wie er Aaron seinem Bruder Moses an die Seite gestellt hat.«

Er beugte sich wieder vor und schenkte unsere Gläser voll. Wir stießen miteinander an, und dann tranken wir sie in einem Zug leer.

»Erlaubt mir, Mister Smith ...«, begann ich, kam aber nicht allzu weit.

»Nenn mich Reverend, mein Sohn! Neben vielen meiner Betätigungen und meiner Talente bin ich auch ein Verkünder des Wortes. Nun fahr fort!«

»Also, Reverend, es ist nicht viel, was ich zu sagen habe, außer, dass ich Euch nicht folgen kann in dem, was Ihr sagt. Was macht mich in Euren Augen zu etwas Besonderem?«

Er goss sich erneut sein Glas voll, trank es leer, goss nochmals nach, hob es an und betrachtete mich dann über den Glasrand hinweg. »Sag, mein Sohn, du bist doch sicherlich schon im Blut gestanden?«

Mit einigem Zögern nickte ich.

»In dampfendem, warmem Blut?«

Ich musste feststellen, dass wir in der Zwischenzeit umringt waren von Männern – Männern, die rauchten; Männern, die Tabak kauten und immer wieder ausspuckten; Männern, die ihre Daumen in ihre Revolver-gurte gesteckt hatten.

Ich ließ mir mit meiner Antwort Zeit. Dann sagte ich: »Ja, das bin ich.«

Als ich eine Bewegung zu meiner Linken wahrnahm, sagte ich, ohne den Kopf zu drehen. »Hände weg von meiner Harpune!«

Eine schmutzstarrende Hand, die sich meinem Eisen genähert hatte, zuckte zurück.

Reverend Smith goss sich den Whiskey in die Kehle und wandte sich dann an die Män-ner, die sich um uns gruppiert hatten, und an die, die noch an ihren Tischen saßen oder an der Theke standen.

»Männer!«, ließ er seine Stimme ertönen. »Ihr seht vor Euch einen Mann, der schon viele Male getötet hat. Und ihr werdet fragen: Wen hat er getötet? Und ich werde euch sa-gen: den Leviathan. Das Ungeheuer, das in den Meeren dieser Welt zu Hause ist.«

Er lehnte sich wieder zurück, legte den Kopf schief und betrachtete mich prüfend. »Das hast du doch, mein Sohn?«

Da ich nicht nur die Heilige Schrift in- und auswendig kannte, sondern auch unzählige Predigten gehört hatte, die eigens für Wal-fänger wie mich gehalten wurden, wusste ich, wen er mit dem Leviathan meinte. »Ja, das habe ich. Ich habe schon viele Wale getötet und bin schon viele Male in ihrem Blut gewatet.«

Die Worte schienen Reverend Smith zu gefallen. Ohne die Augen von mir abzuwenden, sagte er wieder zu den Umstehenden: »Männer, wenn ich mich nicht arg täusche, dann hat der Herrgott uns Aaron geschickt, damit wir gemeinsam mit ihm auch den Leviathan hier auf Erden töten.«

Ich legte die Stirn in Falten. »Den Leviathan hier auf Erden?«

»Aaron, du musst wissen, dass der Leviathan, von dem ich spreche – der Leviathan, der hier auf Erden wandelt –, ein anderer ist als der Leviathan, den du kennst.« Er machte eine Pause und wartete ab, ob ich etwas darauf sagen würde – was ich aber nicht tat.

»Viele meinen«, fuhr er fort, »dass der Leviathan hier auf Erden viel gefährlicher sei als der Leviathan der Meere, als der, den du so oft schon getötet hast.«

»Und wer ist der Leviathan hier auf Erden?«, fragte ich. »Wie sieht er aus?«

»Der Leviathan besteht aus vielen, Aaron. Der Leviathan ist eine Sippschaft, eine Horde, eine Rotte voller Wilder, voller ungezähmter, unzivilisierter, hinterlistiger, primitiver, teuflischer Wilder. Sie waren schon da, bevor ein weißer Mann seinen Fuß auf diesen Kontinent gesetzt hat.«

»Wilde?«, sagte ich und sah ihm dabei tief in die Augen. »Ihr meint – Indianer?«

Er fuhr mit seiner großen Hand durch die Luft, als wolle er lästige Mücken verscheuchen. »Indianer?«, sagte er angewidert. »Was für ein nichtssagender Begriff für blutdürstige, blutrünstige Mörder!«

Er schlug mit der Faust auf den Tisch, dass unsere Gläser hüpften, und dann war er auf einmal mit seinem Gesicht ganz nahe an dem meinen. »Einen halben Tagesritt von hier lagert eine Meute dieser Mörder an den Ufern des Nueces. Bisher haben sie nur Vieh gestohlen und getötet, aber sollen wir warten, bis sie Farmen und Städte überfallen, Frauen, Kinder und Männer ermorden? Sollen wir das?«

»Was habt Ihr vor?«

»Wir werden sie töten. Töten, wie man tollwütige Hunde tötet. Wir werden sie ausmerzen, so wie man eine Krankheit, eine Seuche ausmerzt. Wir, das heißt, elf von mir persönlich ausgesuchte Männer und ich werden uns morgen früh aufmachen, um den Leviathan, dieses Pack von Wilden, zu erlegen. Und dich, mein Sohn, dich frage ich jetzt: Willst du mitmachen? Denn bis vorhin waren wir zwölf, aber du hast ja unseren guten Freund Ol' Fred der sicheren Kraft seiner Hand beraubt.«

»Elf Männer«, sagte ich, betrachtete die Kerle, die um uns herumstanden, und fragte mich, wer von ihnen zu den Indianerjägern zählte. »Ich nehme an, sie sind alle bis an die Zähne bewaffnet. Erlauben Sie mir also, Reverend, zu fragen, was denn ein armer Walfänger, der auf der Durchreise ist, mit seiner Harpune bei der Jagd auf ...«, ich zögerte, »... auf Wilde hier ausrichten kann?«

Ohne mich aus den Augen zu lassen, drehte er seinen Oberkörper, streckte den rechten Arm nach hinten und wies auf einen Tisch, der kaum zu sehen war, weil er im Schatten der breiten Treppe stand, die in den oberen Stock führte. »Du kannst viel ausrichten, mein Sohn – mehr, als du zu denken imstande bist.« Er streckte seinen langen Zeigefinger aus und zielte damit in den Schatten. »Dort sitzt Mister Livingston. Mister Livingston ist Fotograf.«

Bei diesen Worten erhob sich eine Gestalt an dem Tisch neben der Treppe, und Kopf und Oberkörper tauchten aus dem Schattenreich auf. Ich erkannte ein pockennarbiges Gesicht mit großen Glupschaugen hinter einer dicken, runden Brille und einem Bowler-Hut auf dem Schädel. Er tippte mit dem Finger an die Krempe, nickte und zeigte bei seinem angedeuteten Lächeln riesige Zähne. Genauso rasch, wie er aus dem Schatten ins

Licht gekommen war, genauso rasch begab er sich zurück in die selbst gewählte Dunkelheit.

Reverend Smith wandte sich dann wieder mir zu. »Du weißt, was ein Fotograf ist?« Als ich nickte, fuhr er fort: »Mister Livingston kommt aus New York. Er arbeitet dort für eine Zeitung, die über das Leben hier im Westen berichten will. Und zwar zum ersten Mal vollkommen echt und unverfälscht. Zu viele Legenden und vor allem zu viele Lügen sind im Umlauf. Daher soll er mit dem unbestechlichen Auge seines Fotoapparates die Wirklichkeit festhalten, so wie er sie zu Gesicht bekommt. Du kennst mit Sicherheit den Namen Buffalo Bill. Vielleicht hast du sogar eine seiner vielen Wildwest-Shows gesehen.«

Er verzog voller Abscheu das Gesicht. »Schmutz, Schund, Dreck, Lügen! Er stellt die Wilden als Menschen dar. Als ehrenvolle Krieger. Jeder, der hier im Westen lebt, weiß, dass das nicht stimmt. Jeder weiß, dass mit ihnen ein Zusammenleben nicht möglich ist. Ich habe Mister Livingston gebeten, uns auf unserem Feldzug gegen diese Wilden zu begleiten. Seine Aufnahmen sollen Zeugnis darüber ablegen, wie aufrechte, mutige Männer die Zivilisation mit allen Mitteln verteidigen gegen die Mächte der Finsternis. In zehn, vielleicht auch erst in zwanzig Jahren werden die Menschen diesen Dienst an unserem Volke wahrhaftig wertschätzen können, und vielleicht, ja vielleicht, werden sie uns dann auch ein Denkmal setzen für unsere Aufrichtigkeit, für unseren Einsatz und für unseren Heldenmut.«

Mit seinem Zeigefinger zielte er dann auf mich: »Und du, mein Sohn, du würdest mich mit Stolz erfüllen, wenn du mit uns reiten würdest und wenn du als unser zwölfter Mann mit deiner Harpune Jagd auf die Wilden machen würdest, so wie du Jagd gemacht hast auf die Wale, auf den Leviathan der Ozeane.«

Ich konnte nicht recht glauben, was ich gerade gehört hatte. Ich schob mir den Hut aus der Stirn und fragte: »Jagd auf Indianer? Mit einer Harpune?«

Reverend Smith wurde ungehalten. »Auf Wilde! Du könntest sie zu Pferd oder zu Fuß harpunieren. Und Mister Livingston würde dies mit der Kamera für die Nachwelt festhalten.«

Ich musste mir mit der Faust auf die Brust klopfen, um ein in mir rumorendes Gelächter zu unterdrücken. Sollte das alles ein Witz sein? Oder meinte es der Reverend ernst? Ein Blick in seine stechenden Augen sagte mir, dass er es sehr wohl ernst meinte. Ich schaute mich um, aber egal, wem ich auch ins Gesicht sah, ich blickte nur in finstere, zu allem entschlossene Mienen.

Ich tat so, als ließe ich mir die Sache durch den Kopf gehen. Dann fragte ich: »Und was springt am Ende für mich raus?«

»Zweihundert Dollar. Nicht mehr und nicht weniger als für alle anderen Männer hier auch.«

Als er geendet hatte, beugte sich ein Mann mit braunem Schlapphut und grauem Zauselbart weit zu Reverend Smith hinunter und flüsterte ihm etwas ins Ohr. Der Reverend machte große Augen und grinste dann über die ganze Breite seines Gesichts. »Recht hast du, Isaja. Bevor wir diesen Seemann, diesen Jäger des Leviathan, mitnehmen, muss er uns natürlich erst noch beweisen, dass er mit seiner Harpune auch richtig umgehen kann.«

Er deutete auf den dicklichen Jungen mit den wirren Haaren und dem wirren Blick, der am Hinterausgang stand und sich auf seinen Besen lehnte, und schnippte dann mit den Fingern. »Her mit dem Bengel! Sofort.«

Der Junge, dessen Lebensaufgabe offensichtlich darin bestand, den lieben langen Tag den Dreck hier im Saloon wegzuputzen, wurde von rauen Händen gepackt und unter lautem Grölen an die Wand gedrückt. Er wusste nicht, wie ihm geschah. Da er offensichtlich des Sprechens nicht fähig war, gab er nur gurgelnde Geräusche von sich, die darauf schließen ließen, dass ihm die nackte Angst den Hals zuschnürte.

»Stellt ihm eine Flasche auf den Kopf«, befahl die mächtige Stimme von Reverend Smith. Und mit einem bellenden Lachen setzte er hinzu: »Aber eine leere, verdammt noch mal!«

Sam, der Barkeeper, brachte die Flasche. Ein kleiner, breiter Kerl mit zerrissener Jacke und löchrigem Hut klopfte die wirren Haare des Jungen platt, stellte ihm die Flasche auf den Kopf und trat lachend zur Seite. Dann bildeten die Männer eine Gasse.

An dem einen Ende der Gasse stand der Junge mit der leeren Whiskey-Flasche auf dem Kopf, und am anderen Ende stand ich mit meiner Harpune.

Reverend Smith erhob sich und sagte zu mir: »Und jetzt, mein Sohn, zeig uns, wozu du mit deinem Eisen fähig bist.«

Ich hatte bis dahin noch nie mit einer Harpune auf einen Menschen gezielt und hatte es auch nie vorgehabt. Ich muss gestehen, dass mir mein Eisen mit der Zeit ans Herz gewachsen war und dass ich es als Glücksbringer immer mit mir führte. Dass ich jemals diese Waffe auf einen Menschen richten würde, hätte ich mir beim besten Willen nicht vorstellen können. Aber es gab kein Zurück mehr.

Niemand lachte, niemand grinste, alles wartete darauf, dass ich kniff. Dass ich zögerte, machte die Männer von Sekunde zu Sekunde misstrauischer.

»Nun denn«, sagte ich schließlich, packte meine Harpune und fing an, mein Eisen vor- und zurückzuschwingen. Ich dehnte meinen Oberkörper, die Schulter und den Arm. Dann lag die Harpune an meiner Wange, und als ich das kalte Metall spürte, wurde ich ganz ruhig.

Ich visierte den Jungen an.

Der Klavierspieler hörte auf zu spielen.

Es war auf einmal ganz still im Saloon.

Als hätte er gesehen, dass ich auf ihn zielte, ließ der Junge sein Wasser laufen. Die Männer fingen an zu lachen, als ihm ein ganzer Sturzbach am linken Bein herunterrann und dort seine Hose dunkel färbte. Als er schließlich anfing zu weinen, fing die Flasche auf seinem Kopf an zu wackeln.

»Hör er auf!«, rief ihm Reverend Smith mit fester Stimme zu, »sonst komme ich höchstpersönlich zu ihm und drücke ihm die Gurgel zu.«

Der Junge erstarrte augenblicklich, doch das Wasser lief immer noch.

Ich atmete tief ein, hielt die Luft an und mit einem weiten Armschwung warf ich die Harpune. Sie flog durch die Gasse, die die Männer gebildet hatten, traf die Flasche, ließ sie zerplatzen und blieb dann zitternd mit einem lauten, hohlen Schlag in der Wand stecken.

Niemand regte sich.

Nach einer Weile fing der Junge an zu flennen, stürzte zu Boden, rollte sich dort zusammen und wurde von wilden Zuckungen geschüttelt.

Im nächsten Moment fingen die Männer an zu johlen und zu klatschen.

Der fette, glatzköpfige Klavierspieler haute augenblicklich wieder in die Tasten, als ginge es um sein Leben, und Reverend Smith nickte mir wohlwollend zu.

Als ich meine Harpune holen ging, klopften mir wildfremde Männer auf die Schulter und luden mich zu einem Whiskey ein. Hätte ich alle Einladungen angenommen, würde ich heute noch in diesem Saloon sitzen und trinken.

Nachdem ich meine Harpune aus der Wand gezogen und dabei dem armen Jungen am Boden einen aufmunternden Klaps auf den Hinterkopf gegeben hatte, wurde ich ohne Umwege direkt zur Theke geschoben. Dort musste ich mich, mein blutiges Handwerk auf den Weltmeeren und meine Waffe aufs Genaueste erklären. Immer und immer wieder. Als ich merkte, dass ich nach unzähligen Whiskeys dann etwas unsicher auf den Beinen stand, suchte ich mit der Harpune meinen alten Tisch wieder auf. Ich setzte mich, faltete die Hände auf der Brust und ließ mir alles noch einmal in Ruhe durch den Kopf gehen, was sich heute Abend hier zugetragen hatte.

Und du willst wirklich mit denen da mitreiten?«, fragte mich Sarah.

Vielleicht lag es ja an dem vielen Alkohol, den ich getrunken hatte, aber mir schien, als hätte ich noch nie solch große Augen gesehen wie die von dem Barmädchen. Sie hatte sich wieder an meinen Tisch gesetzt und musterte mich argwöhnisch.

»Warum nicht?«, sagte ich leichthin und versuchte es mit einem lässigen Grinsen, das mir aber gründlich misslang.

Sarah beugte sich vor zu mir und sagte: »Warum, Aaron, nimmst du nicht mal deinen lumpigen Hut ab und zeigst mir, wie schwarz deine Haare sind. Ich wette, sie sind genauso schwarz wie meine.«

Ich rückte meinen Hut zurecht und sagte: »Was heißt hier lumpig? Er hat mir auf vielen Weltmeeren teure Dienste erwiesen. Und ich denke nicht daran, ihn abzunehmen, nur weil du es willst.«

»Ah, verstehe!«, sagte sie spöttisch und nahm mein Gesicht etwas genauer in Augenschein. »Gut, dann sag mir halt: Warum bist du so dunkel? War das nur die Sonne auf den Weltmeeren, die dich so dunkel gemacht hat?« Nach einer Weile, in der ich nichts sagte, fuhr sie fort: »Wo kommst du her, Aaron? Wer sind deine Vorfahren? Welches Blut fließt in deinen Adern?«

»Ich glaube nicht, dass dich das etwas angeht«, entgegnete ich und bemühte mich darum, dass es noch freundlich klang.

»Warum tust du das, Aaron?«

»Für Geld«, sagte ich. »Für zweihundert Dollar.«

»Für zweihundert Dollar willst du ein paar hilflose Indianer massakrieren? Sie sind aus ihrem Reservat ausgebrochen, um dem Hungertod zu entfliehen. Apachen. Nicht mehr als fünfzig kraftlose Männer und Frauen mit ihren schreienden Kindern. Sie haben dem ›ehrenwerten‹ Rancher Chilton ein paar Rinder gestohlen, um sie zu essen. Es sind so wenige, und sie sind so harmlos, dass nicht einmal die Armee sich die Mühe machen will, sie wieder zurück ins Reservat zu jagen. Nur der ›ehrenwerte‹ Rancher Chilton stört sich an diesen hungernden Apachen. Jedes Rind, das er an sie verliert, ist eine Demütigung für ihn. Er hat versucht, sie mit seinen Cowboys zu verjagen, aber sie sind zu schlau für ihn. Sie sind ihm immer wieder entwischt. Daher hat er diesen verrückten Reverend mit seiner Mörderbande angeheuert, damit sie die Indianer abschlachten.«

Ich ließ mir Zeit, bevor ich etwas darauf erwiderte. »Warum liegt dir das Wohl dieser Apachen so am Herzen?«, wollte ich schließlich wissen.

Sie sah mich lange an, dann antwortete sie: »Vielleicht weil ich selbst eine Indianerin bin.«

»Man sieht es dir nicht an«, sagte ich.

»Ich habe mir die Indianerin weggeschminkt. Wenn du es deinem Freund, dem Reverend, erzählst, lässt er mich töten.«

»Er ist nicht mein Freund«, sagte ich.

»Und warum willst du mit ihm und seiner Mörderbande mitreiten und ihnen beim Töten helfen?«

Ich brütete eine Weile über meine Antwort und sagte dann: »Ich habe schon Schlimmeres getan für zweihundert Dollar.«

Ihr Gesicht wirkte auf einmal wie versteinert. Ihre Augen wurden schmal, dann spitzte sie die Lippen und spuckte mir mitten ins Gesicht. Ich senkte den Blick, griff nach meinem Taschentuch und begann, mir das Gesicht abzuwischen. Und als ich damit fertig war, spuckte sie mich erneut an. Auf einmal stand Reverend Smith an unserem Tisch, und mit einem Schlag seiner Hand wurde Sarah vom Stuhl gefegt wie eine Katze. »Ist die Hure frech geworden? Sag, mein Sohn, hat sie dich beleidigt?«

Ich lächelte, als ich mir ihre Spucke erneut aus dem Gesicht wischte. »Nein«, sagte ich und beobachtete, wie Sarah wieder aufsprang und mich mit hasserfüllten Augen anfunkelte. »Sie hat nur den Spucknapf verfehlt.«

Am nächsten Morgen um fünf Uhr ritten wir los. Reverend Smith ließ es sich nicht nehmen, mir vorher noch seine Männer namentlich vorzustellen. Einige kannte ich bereits. Ich blickte in verschlafene, verschlagene, zerknitterte, aufgekratzte, bösartige, kindliche und von tiefen Falten zerfressene Gesichter, während ich jedem Einzelnen von ihnen die Hand schüttelte. Als ich Malachi McDermond gegenüberstand, dem Mann mit der gebrochenen Nase, der sich gemeinsam mit seinem Freund Ol' Fred gestern Abend mit mir angelegt hatte, starrte ich zu meinem Erstaunen in vollkommen leere Augen.

Anschließend beugten wir unsere Häupter zum gemeinsamen Gebet, in dem der Reverend Gott um Beistand bat gegen die Kräfte der Finsternis und der Hölle.

Kaum war das »Amen« verklungen, sprengten die beiden Fährtenleser, Horace McCain und Silas Kubler, auf ihren schnellen, leichten Pferden davon, um den gegenwärtigen Aufenthaltsort der Indianer zu erkunden. Die Fährtenleser waren vor vielen Jahren bei üblen Banden von Skalpjägern mitgeritten, hatten aber auch bei der Armee als Scouts gedient. Beide hatten die sechzig schon weit überschritten, waren aber flink und zäh und heimtückisch.

Nach einem halben Tagesritt kamen wir auf das Weideland des Ranchers Chilton und trafen dort an den Ufern des Nueces Horace McCain an. Er erklärte uns in einem maulfaulen Genuschel, dass die Apachen anscheinend im Morgengrauen aufgebrochen waren und dass alles darauf hindeuten würde, dass sie flussaufwärts gezogen seien.

Nach einer Stunde hatten wir sie dann gefunden.

Wir zügelten unsere Pferde auf einer mit Büschen und Ahornbäumen bewachsenen Anhöhe, und der zweite Fährtenleser, Silas Kubler, deutete hinunter ins Tal. Wir sahen, wie unten am Fluss ein paar Zelte aufgebaut waren und eine Schar Frauen eine tote Kuh ausnahmen und das blutige Fleisch an ihre Kinder weitergaben. Weiter hinten stritten sich ein paar offensichtlich angetrunkene Männer um eine Flasche.

Wir saßen ab, und Reverend Smith stellte sich neben mich. »Hier, mein Sohn«, sagte er und legte mir dabei die Hand auf die Schulter, »siehst du dieses jämmerliche, unnütze Pack, das sich um die Knochen einer gestohlenen Kuh streitet. Ich beabsichtige, in wenigen Minuten das Feuer auf die Wilden zu eröffnen. Wir werden, so denke ich, von hier oben drei Viertel der Wilden erlegen können. Anschließend reitest du mit mir, zwei weiteren Männern und Mister Livingston, der seine Kamera mit sich führen wird, hinunter. Wir werden dir ein paar Frauen und Kinder zutreiben und hoffen, dass du deine Geschicklichkeit mit der Harpune wieder so unter Beweis stellst wie gestern Abend bei diesem Jungen im Saloon. Es muss so aussehen, als würdest du Jagd auf die Wilden machen. Und wenn du ein paar Frauen und Kinder harpunierst, wird Mister Livingston dies mithilfe der Kamera festhalten. Und dann wird die Nachwelt endlich Zeuge davon werden, wie das Leben hier in der Wildnis tatsächlich aussieht. Es sieht nämlich ganz anders aus als in den Lügenmärchen dieses Buffalo Bill und in den Kindergeschichten dieser Heftchenromanschreiber. Was meinst du dazu, mein Sohn?«

»Ich soll also Jagd machen – auf Frauen und Kinder? Und sie harpunieren?«

»Genau. Und vor allen Dingen: Keine Skrupel, mein Sohn, was Kinder angeht!

Denn du weißt ja: Aus Nissen werden Läuse.«

»Gut gesprochen«, sagte ich.

»Du bist dabei?«

»Ich bin dabei.«

Der Reverend nickte mir zu und drehte sich dann um. Während er zu Mister Livingston, dem Fotografen, hinüber schritt, der gerade damit beschäftigt war, seine Kamera auf dem Stativ zu befestigen, sah ich nach meinen Waffen. Ich hatte bereits zwei Revolver links und rechts in meinen Holstern, und aus meiner Satteltasche holte ich zwei weitere Revolver und steckte sie mir in den Gürtel. Links an meinem Pferd hatte ich meine Harpune befestigt, rechts ragte meine Winchester aus dem Sattelschuh. Ich zog sie langsam heraus.

Das Töten konnte beginnen.

Dass ich eine ruhige Hand hatte, ein präzises Auge, ein Gespür für die richtige Entfernung, gute Reflexe und Schnelligkeit, hatte ich in vielen Jahren auf etlichen Walfängern unter Beweis gestellt. Wir Harpuniere hatten nicht nur immer und immer wieder das Werfen mit der Harpune geübt, sondern auch das Schießen mit Revolvern und Gewehren, und ich kann guten Gewissens behaupten, dass fast alle Harpuniere auch ausgezeichnet mit diesen Waffen umzugehen wussten.

In meiner Winchester steckten zehn Patronen. Die Ersten, die ich erschoss, waren drei Brüder aus Irland, die McKennas. Es handelte sich um bullige Gesellen, die es nicht gewohnt waren, nach links oder rechts zu schauen. Sie hatten sich auf den Boden gelegt, um von hier aus am besten die hungrigen Indianer erschießen zu können.

Einen traf ich in den Hinterkopf und einen Zweiten in den Rücken, während der Dritte sich erschrocken herumdrehte und versuchte, auf mich anzulegen. Ich schoss ihm eine Kugel in die Brust.

In der Nähe an einem knorrigen Ahornbaum hatten sich weitere vier Männer postiert. Sie schienen noch gar nicht richtig wahrgenommen zu haben, was sich hier zugetragen hatte. Während ich eilends auf sie zurannte, starrten sie mich an wie jemanden, der ihnen eine dringende Botschaft zu überbringen hatte. Malachi McDermond, den Mann mit der gebrochenen Nase, und Elias Raines tötete ich mit den restlichen Kugeln aus meiner Winchester. Während die beiden anderen, die Trapper Vernon Site und Gilbert Gulliver, sich noch überlegten, ob sie auf mich anlegen sollten, hatte ich bereits die Winchester durch meine Revolver ersetzt und erschoss auch sie.

Zwei weitere Männer, Isaja Lockwood und Roman Carthago, rannten lieber auf einen Felsen zu, um dahinter Schutz zu suchen, als mit ihren Gewehren auf mich zu schießen. Ich hatte keine großen Hemmungen, ihnen ein paar Kugeln in den Rücken zu jagen.

Anschließend bekam ich es mit den beiden Fährtenlesern Horace McCain und Silas Kubler zu tun. Sie waren von einem gänzlich anderen Kaliber. Sie hatten wie ich in jeder Hand einen Revolver und schritten grinsend und mit großer Kaltblütigkeit auf mich zu. Sie feuerten so viele Kugeln, wie es nur ging, auf mich ab, waren aber alles andere als treffsicher. Ich bekam allein drei Streifschüsse am linken Arm ab, einen am rechten Bein und einen am Hals. Ich muss allerdings gestehen, dass ich selber, da ich unter beständigem Beschuss stand, meine beiden Revolver in kürzester Zeit leerte, ohne dass ich einen nennenswerten Treffer gelandet hätte. Ich warf sie weg und griff sofort nach meinen zwei weiteren Revolvern, die in meinem Gürtel steckten. Ich schoss so lange auf die beiden Fährtenleser, bis sie blutend am Boden lagen und die Waffen leer waren.

Die elf Indianerjäger des Reverends waren jetzt tot.

Übrig waren nur noch Reverend Smith und der Fotograf.

Mister Livingston, der die Kamera mit dem Stativ so platziert hatte, dass er von hier oben erste Aufnahmen von dem Indianerlager hätte machen können, schien mich zu erwarten. Er stand wie versteinert da mit dem Bowler-Hut auf dem Kopf und seinen großen Glupschaugen. Auf dem Weg zu ihm schnappte ich mir die Winchester von Isaja Lockwood, die am Boden neben seiner Leiche lag, und legte dann auf den Fotografen an. Es war seltsam, aber er schien überhaupt nicht erschrocken oder ängstlich zu sein. Er sah eher aus wie ein Mann, der auf den Tod schon lange gewartet hatte.

Ich setzte seinem Warten ein Ende.

Jetzt gab es nur noch Reverend Smith.

Groß und wuchtig wie ein knorriger, harter Baumstamm stand er da, umgeben von Toten. Er blickte mich mit seinen stechenden Augen an, und ich erwiderte den Blick über Kimme und Korn. Es war erstaunlich, dass ein Mann wie er, der Hass predigte, der zu Mord und Totschlag aufrief, selbst unbewaffnet und augenscheinlich auch nicht geübt darin war, mit einem Gewehr oder einem Revolver richtig umzugehen. Ohne Probleme hätte er sich der Waffe irgendeines Toten bemächtigen und auf mich schießen können. Aber nein, sich die eigenen Hände schmutzig zu machen, sie in Blut zu tauchen – das war ganz offensichtlich seine Sache nicht.

Aus den Augenwinkeln heraus nahm ich wahr, wie unten im Tal die Apachen zu uns hoch starrten. Neugierig und abwartend. Niemand floh, so als ob sie keine Angst mehr vor dem Tod hatten.

»Das«, fing Reverend Smith schließlich an, »hätte ich nie, niemals für möglich gehalten. Dass du zum Judas wirst, zum Judas, zum Richter und zum Henker an meinen Männern und an meiner Sache. Das ist der schlimmste Verrat, den ich je erleben musste.«

»Das ist kein Verrat, das ist die gerechte Strafe.«

»Die gerechte Strafe kann nur Gott der Herr aussprechen.«

»Und ich. Und ich sage Ihnen, dass Sie die gerechte Strafe verdient haben.«

»Du bist nicht Gott«, sagte Reverend Smith. »Nein, mein Sohn, das bist du nicht. Auch wenn du glaubst, dich zum Herrn über Leben und Tod erheben zu dürfen.« Er pfiff seinem Pferd, einem mächtigen, schwarzen Rappen, der sofort angetrabt kam und neben ihm stehen blieb.

»Ich werde mein Pferd besteigen und fortreiten. Du kannst mir in den Rücken schießen, oder du kannst mich einfach gehen lassen. Wir haben nichts mehr miteinander zu tun. Sieh mich als Fremden an, den du kurz getroffen und schon wieder vergessen hast.«

Mit einem Schwung, den ich ihm nie zugetraut hätte, schwang er sich hoch in den Sattel.

»Wir sind keine Fremden«, sagte ich und visierte ihn immer noch über den Lauf des Gewehrs an.

Er musste den Rappen zügeln, und seine Stimme klang gepresst. »Was soll das heißen? Woher kennen wir uns?«

»Als ich nach langer Zeit mal wieder in Nantucket an Land ging, erfuhr ich dort, dass meine Mutter, eine Apachin, und mein Vater, ein in Schweden geborener Holzfäller, von Indianerjägern ermordet worden waren. Ihr Anführer sei mehr als sieben Fuß groß gewesen, und man hätte ihn Reverend Smith gerufen.«

Der Reverend lächelte. »Ich habe mein Leben dem Kampf gegen die Wilden gewidmet – und gegen all die Weißen, Männer und Frauen, die meinten, sie müssten ihr Blut mit dem minderwertigen Blut dieser unnützen Brut mischen und Bastarde in die Welt setzen, die es nicht verdient haben, dass man sie am Leben lässt. Und ich kann nach all den Jahren immer noch mit ruhigem Gewissen sagen: Ich bereue nichts. Rein gar nichts.«

Er wendete den Rappen und schlug ihm die Sporen in die Seiten. Ich hatte mein Gewehr auf seinen langen, breiten Rücken gerichtet und drückte ab.

Doch der Schuss löste sich nicht. Ich versuchte, den Repetierhebel nach unten zu kippen, aber der Verschluss klemmte.

Ich nahm sofort die Verfolgung auf und ritt dem Reverend, so schnell ich nur konnte, hinterher.

Ich bin kein Pferdekenner, ich bin auch kein guter Reiter, aber ich weiß mit Tieren umzugehen. Ich hatte einen jungen Fuchs unter mir, der noch wild und ungestüm war, aber ich schaffte es, ihn durch Unnachgiebigkeit zu lenken und ihm einen gleichmäßigen Galopp abzuringen. Auch wenn der riesige Rappe des Reverends schneller war, so geriet er mir doch nie außer Sichtweite.

Am späten Nachmittag ritten wir in Providence ein. Menschen waren unterwegs, unterhielten sich, lachten und stritten miteinander.

Als Reverend Smiths Rappe mitten auf der Main-Street zusammenbrach, Schaum vor dem Mund, zitternd, bebend, blutig geschunden, sprangen spielende Kinder eilends von der Straße. Gerade noch rechtzeitig schaffte es der Reverend, aus den Steigbügeln zu kommen. Keuchend erhob er sich und stolperte dann die Main-Street hinunter.

Ich hielt meinen Fuchs an und stieg ab.

Es war, als wären alle hier plötzlich zu Salzsäulen erstarrt.

Niemand regte sich.

Ein leichter Wind bewegte das Schild des Drugstores, sodass es quietschend vor- und zurückschwang.

Ich griff nach meiner Harpune.

Reverend Smith kämpfte sich mit letzter Kraft die Treppe hoch zur Kirche, als ich nach ihm rief. Er blieb vor dem Kirchenportal abrupt stehen, als wäre er gegen eine Wand gelaufen.

»Reverend«, rief ich, »Sie erinnern sich doch noch an den Leviathan?«

Auch wenn ich ihn nur von hinten sah, nahm ich ein Nicken seines Kopfes wahr.

»Für mich, Reverend, sind Sie der Leviathan. Der schrecklichste und grausamste Leviathan, der mir je begegnet ist.«

Reverend Roderick Smith drehte sich langsam um. Er war schweißgebadet, und er atmete schwer.

»Nein«, rief er nach einer Weile. »Nein, nicht ich bin der Leviathan, du bist es! Ich habe gesehen, wie du vielen Männern das Leben genommen hast – aus einer Laune heraus.«

»Nicht aus einer Laune heraus«, sagte ich und schüttelte den Kopf.

»Aus einer Laune heraus, du Teufel«, bekräftigte er seine Worte und wandte sich mit seiner mächtigen Bassstimme an die Bürger von Providence: »Er hat alle meine Männer getötet!«

Er machte eine Pause, in der er wieder nach Atem rang. »Alle! *Und* einen Fotografen aus New York!«

Die Bürger von Providence rührten sich nicht, sie sahen uns an und schienen nicht zu verstehen, was wir sagten.

Als sich Reverend Smith gerade wieder umdrehen wollte, rief ich: »Halt!« Er erstarrte in der Bewegung.

Seine Augen waren große, dunkle Löcher, als ich meine Harpune schleuderte. Es war ein Zischen in der Luft und dann ein Schlag, als ihm das Eisen durchs Brustbein drang und ihn an das Kirchenportal nagelte.

Er senkte den Blick, seine Hände näherten sich zitternd der Waffe, umfassten sie, und für einen Moment sah es so aus, als wolle er sie aus sich herausziehen. Dann aber verdrehte er die Augen, und an der Harpune hängend sackte er zusammen.

Das Nächste, was ich wahrnahm, war ein Schuss, und dann fiel ich auch schon auf die Knie.

Irgendetwas lief heiß an meiner Wange herunter, und ein dumpfes Dröhnen brachte meinen Schädel fast zum Platzen. Ich presste meine Hände gegen die Schläfen, weil ich Angst hatte, dass genau das passierte.

Dort vorne hing tot am Kirchenportal der Reverend Roderick Smith an meiner Harpune, und hier, keine zwanzig Fuß von ihm entfernt, kniete ich hilflos im Morast der Straße. Ich weiß nicht, wie lange ich dort gekniet hatte, aber auf einmal erschien ein Mann in meinem Gesichtsfeld. Seine rechte Hand war dick eingebunden, und auf ihr ruhte der Lauf einer Winchester. Die linke Hand hatte den Kolben umfasst, und der Zeigefinger lag am Abzug.

Es war Ol' Fred, der große, hagere Kerl, den ich gestern Abend mit meinem Ausbeinmesser malträtiert hatte und der deshalb heute nicht mitgeritten war. Ich sah sein Lachen, ich sah auch, wie er das Gesicht beim

Sprechen, Rufen oder Schreien verzerrte, aber ich hörte ihn nicht. Ich hörte kein Wort. Ich hörte nur das dumpfe Dröhnen. Unter meiner rechten Hand spürte ich die Fleisch- und Knorpelreste meines Ohres.

Als Ol' Fred sich vor mir aufbaute und mir lachend den Gewehrlauf an den Kopf drückte, wurde mir klar, dass bald alles vorbei sein würde.

Ich hatte kein besonders langes und kein besonders schönes Leben gelebt. Aber ich hatte die Mörder meiner Eltern getötet und viele Angehörige des Stammes meiner Mutter gerettet. Vielleicht reichte das ja auch. Vielleicht hatte ich genug getan. Vielleicht gab es jetzt einfach keinen Platz mehr für mich auf dieser Welt.

Dann auf einmal taumelte Ol' Fred. Sein Gesicht zeigte Erstaunen, Erschrecken und am Ende nur noch eine große Leere. Er hielt sich noch eine Sekunde auf den Beinen, dann fiel er zu Boden, fiel einfach um wie ein gro-ßer Sack Mehl.

Das Nächste, was ich spürte, war eine Hand auf meiner Schulter, und als ich hoch-blickte, stand Sarah vor mir, das Barmäd-chen, das mir gestern Abend zweimal ins Ge-sicht gespuckt hatte. Sie hielt eine alte Flinte umklammert, blickte mich mit zusammenge-kniffenen Augen scharf an und runzelte die

Stirn, so als müsse sie sich noch davon über-
zeugen, dass ich wirklich und tatsächlich
noch lebte. Sie sagte etwas, aber ich verstand
immer noch kein Wort. Dann reichte sie mir
ihre Hand.

Ich ergriff sie und stand auf.

»Der Mann mit der Harpune«

wurde erstmalig in der Anthologie
»Showdown in Laramie« des Verlags
Edition Oberkassel im Jahr 2014 veröffentlicht.
Die Anthologie ging aus dem Schreibwettbewerb des
Verlags zum Thema
»Geschichten aus dem Wilden Westen« hervor.
Für die hier vorliegende Ausgabe wurde die Erzählung
vom Autor vollständig durchgesehen und geringfügig
überarbeitet.

Snorri Grimsson:

Pseudonym des Autors Joachim Speidel.
Geboren am Fuße der Schwäbischen Alb.
Studium der Germanistik, Geschichte und Politik.
War mehr als zwanzig Jahre Lektor in einem
Medienrechercheunternehmen.
Nominiert für den
Agatha-Christie-Krimipreis des S. Fischer Verlags
2013 und 2014 und für den Münchner
Kurzgeschichtenwettbewerb 2017.
Stipendiat des Förderkreises deutscher Schriftsteller
in Baden-Württemberg 2018.
Veröffentlicht seit 2016 unter dem Pseudonym
J. S. Frank die Romanreihe
»SMASH99« beim Verlag Bastei-Lübbe.